Corinne ou l'Italie

Livre II

Madame de Staël

Copyright pour le texte et la couverture © 2023 Culturea
Edition : Culturea (culurea.fr), 34 Hérault
Contact : infos@culturea.fr
Impression : BOD, Norderstedt (Allemagne)
ISBN :9791041830756
Date de publication : juillet 2023
Mise en page et maquettage : https://reedsy.com/
Cet ouvrage a été composé avec la police Bauer Bodoni

Livre II

Chapitre premier

Oswald se réveilla dans Rome. Un soleil éclatant, un soleil d' Italie frappa ses premiers regards, et son âme fut pénétrée d' un sentiment d' amour et de reconnaissance pour le ciel qui semblait se manifester par ces beaux rayons. Il entendit résonner les cloches des nombreuses églises de la ville ; des coups de canon, de distance en distance, annonçaient quelque grande solennité : il demanda quelle en était la cause ; on lui répondit qu' on devait couronner le matin même, au Capitole, la femme la plus célèbre de l' Italie, Corinne, poëte, écrivain, improvisatrice, et l' une des plus belles personnes de Rome. Il fit quelques questions sur cette cérémonie consacrée par les noms de Pétrarque et du Tasse, et toutes les réponses qu' il reçut excitèrent vivement sa curiosité. Il n' y avait certainement rien de plus contraire aux habitudes et aux opinions d' un Anglais que cette grande publicité donnée à la destinée d' une femme ; mais l' enthousiasme qu' inspirent aux Italiens tous les talents de l' imagination, gagne, au moins momentanément, les étrangers ; et l' on oublie les préjugés même de son pays, au milieu d' une nation si vive dans l' expression des sentiments qu' elle éprouve. Les gens du peuple à Rome connaissent les arts, raisonnent avec goût sur les statues ; les tableaux, les monuments, les antiquités, et le mérite littéraire, porté à un certain degré, sont pour eux un intérêt national.

Oswald sortit pour aller sur la place publique ; il y entendit parler de Corinne, de son talent, de son génie. On avait décoré les rues par lesquelles elle devait passer. Le peuple, qui ne se rassemble d' ordinaire que sur les pas de la fortune ou de la puissance, était là presqu' en rumeur pour voir une personne dont l' esprit était la seule distinction. Dans l' état actuel des Italiens, la gloire des beaux arts est l' unique qui leur soit permise ; et ils sentent le génie en ce genre avec une vivacité qui devrait faire naître beaucoup de grands hommes, s' il suffisait de l' applaudissement pour les produire, s' il ne fallait pas une vie forte, de grands intérêts, et une existence indépendante pour alimenter la pensée.

Oswald se promenait dans les rues de Rome en attendant l' arrivée de Corinne. à chaque instant on la nommait, on racontait un trait nouveau d' elle, qui annonçait la réunion de tous les talents qui captivent l' imagination. L' un disait que sa voix était la plus touchante d' Italie, l' autre que personne ne jouait la tragédie comme elle, l' autre qu' elle dansait comme une nymphe, et qu' elle dessinait avec autant de grâce que d' invention ; tous disaient qu' on n' avait jamais écrit ni improvisé d' aussi beaux vers, et que, dans la conversation habituelle, elle avait tour à tour une grâce et une éloquence qui charmaient tous les esprits. On se disputait pour savoir quelle ville d' Italie lui avait donné la naissance, mais les Romains soutenaient vivement qu' il fallait être né à Rome pour parler l' italien avec cette pureté. Son nom de famille était ignoré. Son premier ouvrage avait paru cinq ans auparavant, et portait seulement le nom de Corinne. Personne ne savait où elle avait vécu, ni ce qu' elle avait été avant cette époque ; elle avait maintenant à peu près vingt-six ans. Ce mystère et cette publicité tout à la fois, cette femme dont tout le monde parlait, et dont on ne connaissait pas le véritable nom, parurent à lord Nelvil l' une des merveilles du singulier pays qu' il venait voir. Il aurait jugé très sévèrement une telle femme en Angleterre, mais il n' appliquait à l' Italie aucune des convenances sociales, et le couronnement de Corinne lui inspirait d' avance l' intérêt que ferait naître une aventure de l' Arioste. Une musique très belle et très éclatante précéda l' arrivée de la marche triomphale. Un événement, quel qu' il soit, annoncé par la musique, cause toujours de l' émotion. Un grand nombre de seigneurs romains et quelques étrangers précédaient le char qui conduisait Corinne. C' est le cortège de ses admirateurs, dit un Romain. -- Oui, répondit l' autre, elle reçoit l' encens de tout le monde, mais elle n' accorde à personne une préférence décidée ; elle est riche, indépendante ; l' on croit même, et certainement elle en a bien l' air, que c' est une femme d' une illustre naissance, qui ne veut pas être connue.

-- Quoi qu' il en soit, reprit un troisième, c' est une divinité entourée de nuages. Oswald regarda l' homme qui parlait ainsi, et tout désignait en lui le rang le plus obscur de la société ; mais, dans le midi, l' on se sert si naturellement des expressions les plus poétiques, qu' on dirait qu' elles se puisent dans l' air et sont inspirées par le soleil. Enfin les quatre chevaux blancs qui traînaient le char de Corinne se firent place au milieu de la foule. Corinne était assise sur ce char construit à l' antique, et des jeunes filles, vêtues de blanc, marchaient à côté d' elle. Partout où elle passait l' on jetait en abondance des parfums dans les airs ; chacun se mettait aux fenêtres pour la voir, et ces fenêtres étaient parées en dehors par des pots de fleurs et des tapis d' écarlate ; tout le monde criait : Vive Corinne ! vive le génie ! Vive la beauté ! l' émotion était générale ; mais lord Nelvil ne la partageait point encore ; et bien qu' il se fût déjà dit qu' il fallait mettre à part, pour juger tout cela, la réserve de l' Angleterre et les plaisanteries françaises, il ne se livrait point à cette fête, lorsqu' enfin il aperçut Corinne.

Elle était vêtue comme la sybille du Dominiquin, un schall des Indes tourné autour de sa tête, et ses cheveux du plus beau noir entremêlés avec ce schall ; sa robe était blanche ; une draperie bleue se rattachait au-dessous de son sein, et son costume était très pittoresque, sans s' écarter cependant assez des usages reçus, pour que l' on pût y trouver de l' affectation. Son attitude sur le char était noble et modeste : on apercevait bien qu' elle était contente d' être admirée ; mais un sentiment de timidité se mêlait à sa joie, et semblait demander grâce pour son triomphe ; l' expression de sa physionomie, de ses yeux, de son sourire, intéressait pour elle, et le premier regard fit de lord Nelvil son ami, avant même qu' une impression plus vive le subjuguât. Ses bras étaient d' une éclatante beauté ; sa taille grande, mais un peu forte, à la manière des statues grecques, caractérisait énergiquement la jeunesse et le bonheur ; son regard avait quelque chose d' inspiré. L' on voyait dans sa manière de saluer et de remercier, pour les applaudissemens qu' elle recevait, une sorte de naturel qui relevait l' éclat de la situation extraordinaire dans laquelle elle se trouvait ; elle donnait à la fois l' idée d' une prêtresse d' Apollon, qui s' avançait vers le temple du soleil, et d' une femme parfaitement simple dans les rapports habituels de la vie ; enfin tous ses mouvements avaient un charme qui excitait l' intérêt et la curiosité, l' étonnement et l' affection.

L' admiration du peuple pour elle allait toujours en croissant, plus elle approchait du Capitole, de ce lieu si fécond en souvenirs. Ce beau ciel, ces Romains si enthousiastes, et par-dessus tout Corinne, électrisaient l' imagination d' Oswald ; il avait vu souvent dans son pays des hommes d' état portés en triomphe par le peuple ; mais c' était pour la première fois qu' il était témoin des honneurs rendus à une femme, à une femme illustrée seulement par les dons du génie ; son char de victoire ne coûtait de larmes à personne, et nul regret, comme nulle crainte, n' empêchait d' admirer les plus beaux dons de la nature, l' imagination, le sentiment et la pensée.

Oswald était tellement absorbé dans ses réflexions, des idées si nouvelles l' occupaient, qu' il ne remarqua point les lieux antiques et célèbres à travers lesquels passait le char de Corinne ; c' est au pied de l' escalier qui conduit au Capitole que ce char s' arrêta, et dans ce moment tous les amis de Corinne se précipitèrent pour lui offrir la main. Elle choisit celle du prince Castel-Forte, le grand seigneur romain le plus estimé par son esprit et son caractère ; chacun approuva le choix de Corinne ; elle monta cet escalier du Capitole, dont l' imposante majesté semblait accueillir avec bienveillance les pas légers d' une femme. La musique se fit entendre avec un nouvel éclat au moment de l' arrivée de Corinne, le canon retentit, et la sybille triomphante entra dans le palais préparé pour la recevoir.

Au fond de la salle dans laquelle elle fut reçue, était placé le sénateur qui devait la couronner et les conservateurs du sénat : d' un côté tous les cardinaux et les femmes les plus distinguées du pays, de l' autre les hommes de lettres de l' académie de Rome ; à l' extrémité opposée, la salle était occupée par une partie de la foule immense qui avait suivi Corinne. La chaise destinée pour elle était sur un gradin inférieur à celui du sénateur. Corinne, avant de s' y placer, devait, selon l' usage, en présence de cette auguste assemblée, mettre un genou en terre sur le premier degré. Elle le fit avec tant de noblesse et de modestie, de douceur et de dignité, que lord Nelvil sentit en ce moment ses yeux mouillés de larmes ; il s' étonna lui-même de son attendrissement ; mais au milieu de tout cet éclat, de tous ces succès, il lui semblait que Corinne avait imploré, par ses regards, la protection d' un ami, protection dont jamais une femme, quelque supérieure qu' elle soit, ne peut se passer ; et il pensait en lui-même qu' il serait doux d' être l' appui de celle à qui sa sensibilité seule rendrait cet appui nécessaire. Dès que Corinne fut assise, les poëtes romains commencèrent à lire les sonnets et les odes qu' ils avaient composés pour elle. Tous l' exaltaient jusques aux cieux ; mais ils lui donnaient des louanges qui ne la caractérisaient pas plus qu' une autre femme d' un génie supérieur. C' était une agréable réunion d' images et d' allusions à la mythologie, qu' on aurait pu, depuis Sapho jusqu' à nos jours, adresser de siècle en siècle à toutes les femmes que leurs talents littéraires ont illustrées. Déjà lord Nelvil souffrait de cette manière de louer Corinne ; il lui semblait déjà qu' en la regardant il aurait fait à l' instant même un portrait d' elle plus vrai, plus juste, plus détaillé, un portrait enfin qui ne pût convenir qu' à Corinne.

Chapitre 2

Le prince Castel-Forte prit la parole, et ce qu' il dit sur Corinne attira l' attention de toute l' assemblée. C' était un homme de cinquante ans qui avait dans ses discours et dans son maintien beaucoup de mesure et de dignité ; son âge et l' assurance qu' on avait donnée à lord Nelvil, qu' il n' était que l' ami de Corinne, lui inspirèrent un intérêt sans mélange pour le portrait qu' il fit d' elle. Oswald, sans ces motifs de sécurité, se serait déjà senti capable d' un mouvement confus de jalousie.

Le prince Castel-Forte lut quelques pages en prose, sans prétention, mais singulièrement propres à faire connaître Corinne. Il indiqua d' abord le mérite particulier des ouvrages ; il dit que ce mérite consistait en partie dans l' étude approfondie qu' elle avait faite des littératures étrangères ; elle savait unir au plus haut degré l' imagination, les tableaux, la vie brillante du midi, et cette connaissance, cette observation du coeur humain qui semble le partage des pays où les objets extérieurs excitent moins l' intérêt. Il vanta la grâce et la gaieté de Corinne, cette gaieté qui ne tenait en rien à la moquerie, mais seulement à la vivacité de l' esprit, à la fraîcheur de l' imagination : il essaya de louer sa sensibilité ; mais on pouvait aisément deviner qu' un regret personnel se mêlait à ce qu' il en disait. Il se plaignit de la difficulté qu' éprouvait une femme supérieure à rencontrer l' objet dont elle s' est fait une image idéale, une image revêtue de tous les dons que le coeur et le génie peuvent souhaiter. Il se complut cependant à peindre la sensibilité passionnée qui inspirait la poésie de Corinne et l' art qu' elle avait de saisir des rapports touchants entre les beautés de la nature et les impressions les plus intimes de l' âme. Il releva l' originalité des expressions de Corinne, de ces expressions qui naissaient toutes de son caractère et de sa manière de sentir, sans que jamais aucune nuance d' affectation pût altérer un genre de charme non seulement naturel, mais involontaire. Il parla de son éloquence comme d' une force toute puissante qui devait d' autant plus entraîner ceux qui l' écoutaient, qu' ils avaient en eux-mêmes plus d' esprit et de sensibilité véritables. « Corinne, dit-il, est sans doute la femme la plus célèbre de notre pays, et cependant ses amis seuls peuvent la peindre ; car les qualités de l' âme, quand elles sont vraies, ont toujours besoin d' être devinées : l' éclat aussi bien que l' obscurité peut empêcher de les reconnaître, si quelque sympathie n' aide pas à les pénétrer. »

Il s' étendit sur son talent d' improviser, qui ne ressemblait en rien à ce qu' on est convenu d' appeler de ce nom en Italie. « Ce n' est pas seulement, continua-t-il, à la fécondité de son esprit qu' il faut l' attribuer, mais à l' émotion profonde qu' excitent en elle toutes les pensées généreuses ; elle ne peut prononcer un mot qui les rappelle, sans que l' inépuisable source des sentiments et des idées, l' enthousiasme, ne l' anime et ne l' inspire. »

Le prince Castel-Forte fit sentir aussi le charme d' un style toujours pur, toujours harmonieux. « la poésie de Corinne, ajouta-t-il, est une mélodie intellectuelle qui seule peut exprimer le charme des impressions les plus fugitives et les plus délicates. »

Il vanta l' entretien de Corinne : on sentait qu' il en avait goûté les délices. " L' imagination et la simplicité, la justesse et l' exaltation, la force et la douceur se réunissent, disait-il, dans une même personne, pour varier à chaque instant tous les plaisirs de l' esprit : on peut lui appliquer ce charmant vers de Pétrarque :

il parlar che nell' anima si sente.

et je lui crois quelque chose de cette grâce tant vantée, de ce charme oriental que les anciens attribuaient à Cléopâtre.

Les lieux que j' ai parcourus avec elle, ajouta le prince Castel-Forte, la musique que nous avons entendue ensemble, les tableaux qu' elle m' a fait voir, les livres qu' elle m' a fait comprendre, composent l' univers de mon imagination. Il y a dans tous ces objets une étincelle de sa vie ; et s' il me fallait exister loin d' elle, je voudrais au moins m' en entourer, certain que je serais de ne retrouver nulle part cette trace de feu, cette trace d' elle enfin qu' elle y a laissée. Oui, continua-t-il (et dans ce moment ses yeux tombèrent par hasard sur Oswald), voyez Corinne, si vous pouvez passer votre vie avec elle, si cette double existence qu' elle vous donnera peut vous être longtemps assurée ; mais ne la voyez pas, si vous êtes condamné à la quitter : vous chercheriez en vain, tant que vous vivriez, cette âme créatrice qui partageait et multipliait vos sentiments et vos pensées, vous ne la retrouveriez jamais. » Oswald tressaillit à ces paroles ; ses yeux se fixèrent sur Corinne, qui les écoutait avec une émotion que l' amour-propre ne faisait pas naître, mais qui tenait à des sentiments plus aimables et plus touchants. Le prince Castel-Forte reprit son discours, qu' un moment d' attendrissement lui avait fait suspendre ; il parla du talent de Corinne pour la peinture, pour la musique, pour la déclamation, pour la danse : il dit que dans tous ces talents, c' était toujours Corinne ne s' astreignant point à telle manière, à telle règle, mais exprimant dans des langages variés la même puissance d' imagination, le même enchantement des beaux arts sous leurs diverses formes.

« Je ne me flatte pas, dit en terminant le prince Castel-Forte, d' avoir pu peindre une personne dont il est impossible d' avoir l' idée quand on ne l' a pas entendue ; mais sa présence est pour nous à Rome comme l' un des bienfaits de notre ciel brillant, de notre nature inspirée. Corinne est le lien de ses amis entre eux ; elle est le mouvement, l' intérêt de notre vie ; nous comptons sur sa bonté ; nous sommes fiers de son génie ; nous disons aux étrangers : -- regardez-la, c' est l' image de notre belle Italie ; elle est ce que nous serions sans l' ignorance, l' envie, la discorde et l' indolence auxquelles notre sort nous a condamnés ; nous nous plaisons à la contempler comme une admirable production de notre climat, de nos beaux arts, comme un rejeton du passé, comme une prophétie de l' avenir ; et quand les étrangers insultent à ce pays d' où sont sorties les lumières qui ont éclairé l' Europe ; quand ils sont sans pitié pour nos torts qui naissent de nos malheurs, nous leur disons : -- regardez Corinne ; -- oui, nous suivrions ses traces, nous serions hommes comme elle est femme, si les hommes pouvaient comme les femmes se créer un monde dans leur propre coeur, et si notre génie, nécessairement dépendant des relations sociales et des circonstances extérieures, pouvait s' allumer tout entier au seul flambeau de la poésie. »

Au moment où le prince Castel-Forte cessa de parler, des applaudissements unanimes se firent entendre ; et quoiqu' il y eût dans la fin de son discours un blâme indirect de l' état actuel des Italiens, tous les grands de l' État l' approuvèrent : tant il est vrai qu' on trouve en Italie cette sorte de libéralité qui ne porte pas à changer les institutions, mais fait pardonner, dans les esprits supérieurs, une opposition tranquille aux préjugés existants.

La réputation du prince Castel-Forte était très grande à Rome. Il parlait avec une sagacité rare ; et c' était un don remarquable dans un pays où l' on met encore plus d' esprit dans sa conduite que dans ses discours. Il n' avait pas dans les affaires l' habileté qui distingue souvent les Italiens ; mais il se plaisait à penser, et ne craignait pas la fatigue de la méditation. Les heureux habitants du midi se refusent quelquefois à cette fatigue, et se flattent de tout deviner par l' imagination, comme leur féconde terre donne des fruits sans culture, à l' aide seulement de la faveur du ciel.

Chapitre 3

Corinne se leva lorsque le prince Castel-Forte eut cessé de parler ; elle le remercia par une inclination de tête si noble et si douce, qu' on y sentait tout à la fois et la modestie et la joie bien naturelle d' avoir été louée selon son coeur. Il était d' usage que le poête couronné au Capitole improvisât ou récitât une pièce de vers avant que l' on posât sur sa tête les lauriers qui lui étaient destinés. Corinne se fit apporter sa lyre, instrument de son choix, qui ressemblait beaucoup à la harpe, mais était cependant plus antique par la forme, et plus simple dans les sons. En l' accordant, elle fut d' abord saisie d' un grand sentiment de timidité ; et ce fut avec une voix tremblante qu' elle demanda le sujet qui lui était imposé. --la gloire et le bonheur de l' Italie ! s' écria-t-on autour d' elle, d' une voix unanime. Eh bien, oui, reprit-elle déjà saisie, déjà soutenue par son talent, la gloire et le bonheur de l' Italie ! et se sentant animée par l' amour de son pays, elle se fit entendre dans des vers pleins de charmes, dont la prose ne peut donner qu' une idée bien imparfaite.

Improvisation de Corinne au Capitole.

« Italie, empire du soleil ; Italie, maîtresse du monde ; Italie, berceau des lettres, je te salue. Combien de fois la race humaine te fut soumise ! Tributaire de tes armes, de tes beaux arts et de ton ciel.

» Un dieu quitta l' Olympe pour se réfugier en Ausonie ; l' aspect de ce pays fit rêver les vertus de l' âge d' or, et l' homme y parut trop heureux pour l' y supposer coupable. Rome conquit l' univers par son génie, et fut reine par la liberté. Le caractère romain s' imprima sur le monde ; et l' invasion des barbares, en détruisant l' Italie, obscurcit l' univers entier.

» L' Italie reparut avec les divins trésors que les Grecs fugitifs rapportèrent dans son sein ; le ciel lui révéla ses lois ; l' audace de ses enfants découvrit un nouvel hémisphère ; elle fut reine encore par le sceptre de la pensée, mais ce sceptre de lauriers ne fit que des ingrats.

» L' imagination lui rendit l' univers qu' elle avait perdu. Les peintres, les poètes, enfantèrent pour elle une terre, un Olympe, des enfers et des cieux ; et le feu qui l' anime, mieux gardé par son génie que par le dieu des païens, ne trouva point dans l' Europe un Prométhée qui le ravit.

» Pourquoi suis-je au Capitole ? Pourquoi mon humble front va-t-il recevoir la couronne que Pétrarque a portée, et qui reste suspendue au cyprès funèbre du Tasse ? Pourquoi, si vous n' aimiez assez la gloire, ô mes concitoyens, pour récompenser son culte autant que ses succès.

» Eh bien, si vous l' aimez cette gloire, qui choisit trop souvent ses victimes parmi les vainqueurs qu' elle a couronnés, pensez avec orgueil à ces siècles qui virent la renaissance des arts. Le Dante, l' Homère des temps modernes, poète sacré de nos mystères religieux, héros de la pensée, plongea son génie dans le Styx pour aborder à l' enfer, et son âme fut profonde comme les abîmes qu' il a décrits.

» L' Italie, aux jours de sa puissance, revit tout entière dans le Dante. Animé par l' esprit des républiques, guerrier aussi bien que poète, il souffle la flamme des actions parmi les morts, et ses ombres ont une vie plus forte que les vivants d' ici-bas. Les souvenirs de la terre les poursuivent encore ; leurs passions sans but s' acharnent à leur coeur ; elles s' agitent sur le passé, qui leur semble encore moins irrévocable que leur éternel avenir.

» On dirait que le Dante, banni de son pays, a transporté dans les régions imaginaires les peines qui le dévoraient. Ses ombres demandent sans cesse des nouvelles de l' existence, comme le poète lui-même s' informe de sa patrie, et l' enfer s' offre à lui sous les couleurs de l' exil.

» Tout à ses yeux se revêt du costume de Florence. Les morts antiques qu' il évoque semblent renaître aussi toscans que lui ; ce ne sont point les bornes de son esprit, c' est la force de son âme qui fait entrer l' univers dans le cercle de sa pensée.

» Un enchaînement mystique de cercles et de sphères le conduit de l' enfer au purgatoire, du purgatoire au paradis ; historien fidèle de sa vision, il inonde de clarté les régions les plus obscures, et le monde qu' il crée dans son triple poème est complet, animé, brillant comme une planète nouvelle aperçue dans le firmament.

» À sa voix tout sur la terre se change en poésie ; les objets, les idées, les lois, les phénomènes, semblent un nouvel Olympe de nouvelles divinités : mais cette mythologie de l' imagination s' anéantit, comme le paganisme, à l' aspect du paradis, de cet océan de lumières, étincelant de rayons et d' étoiles, de vertus et d' amour.

» Les magiques paroles de notre plus grand poète sont le prisme de l' univers ; toutes ses merveilles s' y réfléchissent, s' y divisent, s' y recomposent ; les sons imitent les couleurs, les couleurs se fondent en harmonie ; la rime, sonore ou bizarre, rapide ou prolongée, est inspirée par cette divination poétique, beauté suprême de l' art, triomphe du génie, qui découvre dans la nature tous les secrets en relation avec le coeur de l' homme.

» Le Dante espérait de son poème la fin de son exil ; il comptait sur la renommée pour médiateur ; mais il mourut trop tôt pour recueillir les palmes de la patrie. Souvent la vie passagère de l' homme s' use dans les revers ; et si la gloire triomphe, si l' on aborde enfin sur une plage plus heureuse, la tombe s' ouvre derrière le port, et le destin à mille formes annonce souvent la fin de la vie par le retour du bonheur.

» Ainsi le Tasse, infortuné, que vos hommages, Romains, devaient consoler de tant d' injustices, beau, sensible, chevaleresque, rêvant les exploits, éprouvant l' amour qu' il chantait, s' approcha de ces murs, comme ces héros, de Jérusalem, avec respect et reconnaissance. Mais la veille du jour choisi pour le couronner, la mort l' a réclamé pour sa terrible fête : le ciel est jaloux de la terre, et rappelle ses favoris des rives trompeuses du temps.

» Dans un siècle plus fier et plus libre que celui du Tasse, Pétrarque fut aussi comme le Dante le poète valeureux de l' indépendance italienne. Ailleurs, on ne connaît de lui que ses amours, ici des souvenirs plus sévères honorent à jamais son nom ; et la patrie l' inspira mieux que Laure elle-même.

» Il ranima l' antiquité par ses veilles, et loin que son imagination mît obstacle aux études les plus profondes, cette puissance créatrice, en lui soumettant l' avenir, lui révéla les secrets des siècles passés. Il éprouva que connaître sert beaucoup pour inventer, et son génie fut d' autant plus original, que, semblable aux forces éternelles, il sut être présent à tous les temps.

Notre air serein, notre climat riant ont inspiré l' Arioste. C' est l' arc-en-ciel qui parut après nos longues guerres : brillant et varié comme ce messager du beau temps, il semble se jouer familièrement avec la vie ; sa gaieté légère et douce est le sourire de la nature, et non pas l' ironie de l' homme.

» Michel-Ange, Raphaël, Pergolèse, Galilée, et vous intrépides voyageurs, avides de nouvelles contrées, bien que la nature ne pût vous offrir rien de plus beau que la vôtre ! Joignez aussi votre gloire à celle des poètes. Artistes, savants, philosophes, vous êtes comme eux enfants de ce soleil qui tour à tour développe l' imagination, concentre la pensée, excite le courage, endort dans le bonheur, et semble tout promettre ou tout faire oublier.

» Connaissez-vous cette terre où les orangers fleurissent, que les rayons des cieux fécondent avec amour ? Avez-vous entendu les sons mélodieux qui célèbrent la douceur des nuits ? Avez-vous respiré ces parfums, luxe de l' air déjà si pur et si doux ? Répondez, étrangers, la nature est-elle chez vous belle et bienfaisante ? Ailleurs, quand des calamités sociales affligent un pays, les peuples doivent s' y croire abandonnés par la divinité ; mais ici nous sentons toujours la protection du ciel, nous voyons qu' il s' intéresse à l' homme, et qu' il a daigné le traiter comme une noble créature.

» Ce n' est pas seulement de pampres et d' épis que notre nature est parée, mais elle prodigue sous les pas de l' homme, comme à la fête d' un souverain, une abondance de fleurs et de plantes inutiles qui, destinées à plaire, ne s' abaissent point à servir.

» Les plaisirs délicats soignés par la nature sont goûtés par une nation digne de les sentir ; les mets les plus simples lui suffisent, elle ne s' enivre point aux fontaines des vins que l' abondance lui prépare : elle aime son soleil, ses beaux-arts, ses monuments, sa contrée tout à la fois antique et printanière ; les plaisirs raffinés d' une société brillante, les plaisirs grossiers d' un peuple avide ne sont pas faits pour elle.

» Ici les sensations se confondent avec les idées, la vie se puise tout entière à la même source, et l' âme comme l' air occupe les confins de la terre et du ciel. Ici le génie se sent à l' aise, parce que la rêverie y est douce ; s' il agite, elle calme ; s' il regrette un but, elle lui fait don de mille chimères ; si les hommes l' oppriment, la nature est là pour l' accueillir.

» Ainsi, toujours elle répare, et sa main secourable guérit toutes les blessures. Ici l' on se console des peines même du coeur, en admirant un dieu de bonté, en pénétrant le secret de son amour, non par nos jours passagers, mystérieux avant-coureurs de l' éternité, mais dans le sein fécond et majestueux de l' immortel univers. »

Corinne fut interrompue pendant quelques moments par les applaudissemens les plus impétueux. Le seul Oswald ne se mêla point aux transports bruyants qui l' entouraient. Il avait penché sa tête sur sa main lorsque Corinne avait dit : ici l' on se console des peines même du coeur ; et depuis lors il ne l' avait point relevée. Corinne le remarqua, et bientôt à ses traits, à la couleur de ses cheveux, à son costume, à sa taille élevée, à toutes ses manières enfin, elle le reconnut pour un Anglais. Le deuil qu' il portait, et sa physionomie pleine de tristesse la frappèrent. Son regard alors attaché sur elle semblait lui faire doucement des reproches ; elle devina les pensées qui l' occupaient, et se sentit le besoin de le satisfaire en parlant du bonheur avec moins d' assurance, en consacrant à la mort quelques vers au milieu d' une fête. Elle reprit donc sa lyre dans ce dessein, fit rentrer dans le silence toute l' assemblée par les sons touchants et prolongés qu' elle tira de son instrument, et recommença ainsi :

« Il est des peines cependant que notre ciel consolateur ne saurait effacer ; mais dans quel séjour les regrets peuvent-ils porter à l' âme une impression plus douce et plus noble que dans ces lieux !

» Ailleurs les vivants trouvent à peine assez de place pour leurs rapides courses et leurs ardents désirs ; ici les ruines, les déserts, les palais inhabités, laissent aux ombres un vaste espace. Rome maintenant n' est-elle pas la patrie des tombeaux ! Le Colisée, les obélisques, toutes les merveilles qui du fond de l' Égypte et de la Grèce, de l' extrémité des siècles, depuis Romulus jusqu' à Léon X, se sont réunies ici, comme la grandeur attirait la grandeur, et qu' un même lieu dût renfermer tout ce que l' homme a pu mettre à l' abri du temps, toutes ces merveilles sont consacrées aux monuments funèbres. Notre indolente vie est à peine aperçue, le silence des vivants est un hommage pour les morts, ils durent et nous passons.

» Eux seuls sont honorés, eux seuls sont encore célèbres ; nos destinées obscures relèvent l' éclat de nos ancêtres, notre existence actuelle ne laisse debout que le passé, il ne se fait aucun bruit autour des souvenirs ! Tous nos chefs-d' oeuvre sont l' ouvrage de ceux qui ne sont plus, et le génie lui-même est compté parmi les illustres morts.

» Peut-être un des charmes secrets de Rome est-il de réconcilier l' imagination avec le long sommeil. On s' y résigne pour soi, l' on en souffre moins pour ce qu' on aime. Les peuples du midi se représentent la fin de la vie sous des couleurs moins sombres que les habitants du nord. Le soleil comme la gloire réhausse même la tombe.

» Le froid et l' isolement du sépulcre sous ce beau ciel, à côté de tant d' urnes funéraires, poursuivent moins les esprits effrayés. On se croit attendu par la foule des ombres, et, de notre ville solitaire à la ville souterraine, la transition semble assez douce.

» Ainsi la pointe de la douleur est émoussée, non que le coeur soit blasé, non que l' âme soit aride, mais une harmonie plus parfaite, un air plus odoriférant, se mêlent à l' existence. On s' abandonne à la nature avec moins de crainte, à la nature dont le créateur a dit : les lis ne travaillent ni ne filent, et cependant quels vêtemens de rois pourraient égaler la magnificence dont j' ai revêtu ces fleurs ! »

Oswald fut tellement ravi par ces dernières strophes, qu' il exprima son admiration par les témoignages les plus vifs ; et cette fois les transports des italiens eux-mêmes n' égalèrent pas les siens. En effet, c' était à lui plus qu' aux romains que la seconde improvisation de Corinne était destinée.

La plupart des Italiens ont, en lisant les vers, une sorte de chant monotone, appelé cantilène, qui détruit toute émotion. C' est en vain que les paroles sont diverses, l' impression reste la même, puisque l' accent, qui est encore plus intime que les paroles, ne change presque point. Mais Corinne récitait avec une variété de tons qui ne détruisait pas le charme soutenu de l' harmonie ; c' étaient comme des airs différents joués tous par un instrument céleste.

Le son de voix touchant et sensible de Corinne, en faisant entendre cette langue italienne si pompeuse et si sonore, produisit sur Oswald une impression tout à fait nouvelle. La prosodie anglaise est uniforme et voilée ; ses beautés naturelles sont toutes mélancoliques ; les nuages ont formé ses couleurs, et le bruit des vagues sa modulation ; mais quand ces paroles italiennes, brillantes comme un jour de fête, retentissantes comme les instruments de victoire que l' on a comparés à l' écarlate parmi les couleurs ; quand ces paroles, encore tout empreintes des joies qu' un beau climat répand dans tous les coeurs, sont prononcées par une voix émue, leur éclat adouci, leur force concentrée, fait éprouver un attendrissement aussi vif qu' imprévu. L' intention de la nature semble trompée, ses bienfaits inutiles, ses offres repoussées, et l' expression de la peine, au milieu de tant de jouissances, étonne et touche plus profondément que la douleur chantée dans les langues du nord qui semblent inspirées par elle.

Chapitre 4

Le sénateur prit la couronne de myrte et de laurier qu' il devait placer sur la tête de Corinne. Elle détacha le schall qui entourait son front, et tous ses cheveux, d' un noir d' ébène, tombèrent en boucles sur ses épaules. Elle s' avança la tête nue, le regard animé par un sentiment de plaisir et de reconnaissance qu' elle ne cherchait point à dissimuler. Elle se remit une seconde fois à genoux pour recevoir la couronne, mais elle paraissait moins troublée et moins tremblante que la première fois ; elle venait de parler, elle venait de remplir son âme des plus nobles pensées, l' enthousiasme l' emportait sur la timidité. Ce n' était plus une femme craintive, mais une prêtresse inspirée qui se consacrait avec joie au culte du génie.

Quand la couronne fut placée sur la tête de Corinne, tous les instruments se firent entendre, et jouèrent ces airs triomphants qui exaltent l' âme d' une manière si puissante et si sublime. Le bruit des timbales et des fanfares émut de nouveau Corinne ; ses yeux se remplirent de larmes, elle s' assit un moment, et couvrit son visage de son mouchoir. Oswald, vivement touché, sortit de la foule, et fit quelques pas pour lui parler, mais un invincible embarras le retint. Corinne le regarda quelque temps, en prenant garde néanmoins qu' il ne remarquât qu' elle faisait attention à lui ; mais lorsque le prince Castel-Forte vint prendre sa main pour l' accompagner du Capitole à son char, elle se laissa conduire avec distraction, et retourna la tête plusieurs fois, sous divers prétextes, pour revoir Oswald. Il la suivit ; et, dans le moment où elle descendait l' escalier, accompagnée de son cortège, elle fit un mouvement en arrière pour l' apercevoir encore : ce mouvement fit tomber sa couronne. Oswald se hâta de la relever, et lui dit en la lui rendant quelques mots en italien, qui signifiaient que les humbles mortels mettaient aux pieds des dieux la couronne qu' ils n' osaient placer sur leurs têtes. Corinne remercia lord Nelvil, en anglais, avec ce pur accent national, ce pur accent insulaire qui presque jamais ne peut être imité sur le continent. Quel fut l' étonnement d' Oswald en l' entendant ! Il resta d' abord immobile à sa place, et se sentant troublé, il s' appuya sur un des lions de basalte qui sont au pied de l' escalier du Capitole. Corinne le considéra de nouveau, vivement frappée de son émotion ; mais on l' entraîna vers son char, et toute la foule disparut longtemps avant qu' Oswald eût retrouvé sa force et sa présence d' esprit.

Corinne jusqu' alors l' avait enchanté comme la plus charmante des étrangères, comme l' une des merveilles du pays qu' il voulait parcourir ; mais cet accent anglais lui rappelait tous les souvenirs de sa patrie, cet accent naturalisait pour lui tous les charmes de Corinne. Était-elle anglaise ? Avait-elle passé plusieurs années de sa vie en Angleterre ? Il ne pouvait le deviner ; mais il était impossible que l' étude seule apprît à parler ainsi, il fallait que Corinne et lord Nelvil eussent vécu dans le même pays. Qui sait si leurs familles n' étaient pas en relation ensemble ? Peut-être même l' avait-il vue dans son enfance ! On a souvent dans le cœur je ne sais quelle image innée de ce qu' on aime, qui pourrait persuader qu' on reconnaît l' objet que l' on voit pour la première fois. Oswald avait beaucoup de préventions contre les Italiennes ; il les croyait passionnées, mais mobiles, mais incapables d' éprouver des affections profondes et durables. Déjà ce que Corinne avait dit au Capitole lui avait inspiré toute une autre idée ; que serait-ce donc s' il pouvait à la fois retrouver les souvenirs de sa patrie, et recevoir par l' imagination une vie nouvelle, renaître pour l' avenir sans rompre avec le passé ! Au milieu de ses rêveries, Oswald se trouva sur le pont Saint-Ange, qui conduit au château du même nom, ou plutôt au tombeau d' Adrien, dont on a fait une forteresse. Le silence du lieu, les pâles ondes du Tibre, les rayons de la lune qui éclairaient les statues placées sur le pont, et faisaient de ces statues comme des ombres blanches regardant fixement couler et les flots et le temps qui ne les concernent plus ; tous ces objets le ramenèrent à ses idées habituelles. Il mit la main sur sa poitrine, et sentit le portrait de son père qu' il y portait toujours, il l' en détacha pour le considérer, et le moment de bonheur qu' il venait d' éprouver, et la cause de ce bonheur ne lui rappelèrent que trop le sentiment qui l' avait rendu jadis si coupable envers son père ; cette réflexion renouvela ses remords.

-Éternel souvenir de ma vie, s' écria-t-il, ami trop offensé et pourtant si généreux ! Aurais-je pu croire que l' émotion du plaisir pût trouver sitôt accès dans mon âme ? Ce n' est pas toi, le meilleur et le plus indulgent des hommes, ce n' est pas toi qui me le reproches ; tu veux que je sois heureux, tu le veux encore malgré mes fautes : mais puissé-je du moins ne pas méconnaître ta voix si tu me parles du haut du ciel, comme je l' ai méconnue sur la terre !